AF385643

LE BON MÉNAGE

RÉPUBLICAIN,

OU

LES ÉPOU BIEN ASSORT

Petite Pièce Historico-Patriotic
Républ -maniaque, à l'usage
es yrannicides.

———

A MANUELOPOLIS,

L'an 4 de la sublime révolution française ;
et l'an premier de la République,

———

1793.

Fr Marchant

d'après Bergier

LE BON MÉNAGE

RÉPUBLICAIN,

OU

BIEN ASSORTIS.

Petite Pièce Historico-Patriotico-Républ.-maniaque, à l'usage es yrannicides.

———

A MANUELOPOLIS,

L'an 4 de la sublime révolution française ;
et l'an premier de la République,

———

1793.

graces à ses mémoires contre Korn-
mann et consorts , etc, etc. Ce ter-
rible citoyen Audouin , en digne
successeur de Figaro , trouvant le
secret de troquer sa cire à frotter
pour une hache de sapeur et un bonet,
y compris les moustaches , dont il
fait peur aux petits enfans aristocrates , et à leurs chastes moitiés,
s'avisa un jour de dénoncer son bien-
faiteur, M. l'ex-Curé au Comité des
Recherches , sans doute pour consa-
crer sa reconnoissance civico-litté-
raire au digne Prêtre, à qui il de-
voit son début dans le monde consti-
tuant ou constitué ; le voilà donc
Auteur du Journal Universel, ou
Révolutions des Royaumes. Sa femme
qui blanchissoit les surplis des Sémi-
naristes de la Paroisse , ne voulant
travailler que pour des Patriotes ,
ne s'est réservé que les chemises du

citoyen Gorsas qui, sans doute, la dédommagera par les suaires des Sans-culottes de la Nation, au service de la République, y compris les chemises de toile grise des Jacobins, etc. Des méchans prétendent que cette vertueuse Blanchisseuse des Surplis sulpiciens, en qualité de Citoyenne Républico-Jacobine active, réchaufe (jusqu'où va la médisance !) les pieds bénits du nouveau Pasteur constitutionnel d'une Paroisse du faux-boug Saint-Germain; ce qui met un peu le galetas de ce couple de tourtereaux sur un certain pied.

A 3

ACTEURS DE LA PIECE.

Le Citoyen AUDOUIN, Journaliste.

La Citoyenne AUDOUIN, Blanchisseuse.

Le Citoyen GORSAS, confrère
D'AUDOUIN.

GILLOTIN, Ecolier bègue.

*La scène est rue de Tournon, faux-
bourg Saint-Germain, dans le grenier
du Journal Universel par Audouin.*

Scene 5 du bon ménage

LE BON MÉNAGE

RÉPUBLICAIN.

SCENE PREMIERE.

Le théâtre représente l'intérieur de la chambre à coucher du Citoyen Audouin. On voit, dans le fond, une vieille alcove, avec des rideaux, jadis verds, un méchant lit, sur lequel ronfle paisiblement le Citoyen Audouin, tandis que la Citoyenne, son épouse, s'arrange devant un vieux miroir, au-dessus d'une comode antique. Sur le côté pend une hote de Blanchisseuse, avec un panier, etc. etc. Au milieu de la cheminée, un bonet de Grenadier, un sabre, une giberne, une hache, un fusil

SCENE IV.

M. et Mdme AUDOUIN, GORSAS,

Madame AUDOUIN.

AH! ah! monsieur Gorsas! c'est donc vous qui faites boire mon mari, qu'on me l'a ramené, cette nuit, dans un état à faire peur? Il n'avoit pas seulement figure humaine.

Air : *sortez, il faut que je m'habille.*

Sortez vilain débaucheur d'hommes,
Malgré vos déclamations ;
Avec vos grandes motions,
Ne mangerons-nous que des pommes!
Pauvres insensés que nous sommes !

GORSAS.

N'vous fachez pas   *bis.*
Citoyenne ! avec vos apas ,
Divine Audouin !
Belle Audouin !
Point de fracas.

(Gorsas montre quelques assignats à
Madame Audouin.)

Air : *De la découpure.*

Je vous apporte de l'argent
     (En bons assignats de 10 sols.)
-- Pour payer la peine :
-- Ah ! voyez la bonne étrenne !
-- Je vous apporte de l'argent ,
Car dès le matin j'aime à payer comptant.
    Blanchissez   *bis.*

Blanchissez-moi :
Voici deux chemises
Que depuis long-tems j'ai mises ;
    Blanchissez   *bis.*

Blanchissez-moi ;
Un jour je vous dirai la raison pourquoi !
          B 3

(22)

Madame Audouin.

Il fait si bien son compte, qu'il a toujours raison.

Gorsas.

Ah çà, sans rancune, madame Audouin! Vous permettez?

(Il lui baise la main.)

Madame Audouin (*souriant.*)

Je suis d'une bonne pâte de femme; mais plus de ribotte avec mon mari, sinon pas de chemises.

Gorsas.

Ah! foi de patriote, citoyenne Audouin! je vous jure que ce n'est pas moi qui....

Madame Audouin (*l'interrompant.*)

Mais, sans être trop curieuse, citoyen Gorsas! peut-on savoir votre pourquoi? car enfin....

G O R S A S

Tenez , belle citoyenne Audouin ,
je n'ai rien de caché pour vous ; vous
savez que j'étois , avant la détention
de Louis le dernier , au Temple ;
vous savez , dit-je , que j'étois inspecteur général de ses chemises et de
celles de toute son exécrable famille,
que Dieu confonde : hé bien , pour
me consoler de cette perte incalcula-
ble que la journée du dix août m'a
occasionnée , le club des Jacobins
m'a nommé d'avance inspecteur gé-
néralissime de nos sans-culottes des
faux-bourgs ; (*en fait de chemises ,
s'entend*) vous pouvez juger combien je ferai mes orges sur la quan-
tité ; et pour preuve de ce que j'a-
vance , voici la liste des inspecteurs
nationaux, dans laquelle votre cher
mari joue un rôle digne de son pa-

triotisme ; tenez, lisez, lisez plutôt, la
vue n'en coûte rien.

(Il tire un papier de sa poche.)

Madame Audouin, *à son mari.*

Tiens, lis-nous ça, toi ! tu connois l'écriture ; moi, je ne lis que
dans l'imprimé.

M. Audouin, *mettant ses lunettes.*

Je n'y vois pas trop clair, quand
je bois un tas de punch, de bière et
de vin sans manger, j'en ai pour le
jour et le lendemain.

(Il lit, en se rengorgeant.)

*Liste raisonnée des citoyens inspec-
teurs généraux de la République
française*, etc.

Audouin, inspecteur général des
moustaches et des haches des sapeurs
de la République, etc. etc.

Gorsas , inspecteur général des chemises des Sans-culotes.

Chesnier, inspecteur général des tragédies de la révolution , depuis le théâtre de la République , jusqu'à ceux de Molière et des Associés.

Villette et Champfort, par *interini*, inspecteurs des culotes et des maronniers qui décorent les jardins nationaux.

Robespierre , neveu de feu Damien , les régicides et les voleurs de grands chemins.

Danton , les guillotines , les poignards et les piques.

Marat , les potences , roues , etc. les sabres , fusils , bayonnettes et bonets rouges.

Noël et Milin dit Grandmaison, chroniqueurs et inspecteurs généraux des écrivains faméliques de la révolution , ect. etc.

Manuel , des égouts , des chaumières et des latrines nationales.

Desmoulins , les boues , lanternes et réverbères.

Brissot , les filoux les chiens perdus, et les brigands , y compris les banqueroutiers.

L'Egalité ; ci-devant d'Orléans , les filles de joie et les citoyennes actives du palais de la Révolution , etc.

Monvel, les citoyens actifs des Tuileries Luxembourg , jardins de l'Infante, souricières et arcades des ponts.

Chapelier Biribi , les maisons de jeux et académies d'escrocs , circulans par toute la France.

Air : *Du cantique de Saint-Roch.*

Tu vois donc bien, mon aimable Audoui-
    nette !
Qu'il ne faut plus gronder l'ami Gorsas;
Souviens-toi de la petite chansonnette,
Que pour nous deux il fit en pareil cas ;
    Quand je la chante,
    Qu'elle est charmante !

Madame A U D O U I N.

Sans compliment,
J'aime encor mieux l'argent.

G O R S A S.

A propos de chanson, j'ai fait encore deux petits couplets à votre in-
tention, sur un air républicain.

A U D O U I N.

Eh tôt, chante nous-là, cela doit
être beau , dès que ça nous regarde,

Air : *De la Carmagnole.*

Voulez-vous, sans aller bien loin, *bis.*
Voir le bon ménage d'Audouin, *bis.*

D'Audouïnette aux beaux yeux ;
Le minois gracieux ;
C'est bien la carmagnole,
    Dont Cupidon
    Dans ma chanson ;
C'est bien la carmagnole,
    Dont Cupidon
    Tient leçon.

Aux Sans-culottes des fauxbourgs, *bis*
Audouin farci de calembourgs, *bis*
    Donne un joli journal.
    Brave comme Annibal,
    Dansant la carmagnole,
        Dont le doux son
        Brille en chanson ;
    Dansant la carmagnole,
        Comme un poupon
        D'Apollon.

Madame AUDOUIN.

Ah ! Monsieur Gorsas ne changera
jamais !

(Elle chante.)
Toujours, toujours ;
Il est toujours le même.

Ah ça ! vous m'allez amuser trois heures avec vos contes blancs, bleux et rouges ; il faut que j'aille porter mon linge. Sans doute que M. Gorsas, qui est galant comme un gascon, va me servir d'écuyer, pour que je ne tombe pas dans la montée avec ma hote? Allons, un petit coup de main, Audouinet ! pour me mettre ce fardeau-là sur le corps ; qu'il tienne bien.

GORSAS,

Oh ! vous n'avez qu'à parler, citoyenne Audouin ! vous savez que...,

Madame AUDOUIN.

Laissez faire mon mari ; il n'y a que lui qui me charge, et qui me

décharge à volonté dans le besoin !
tiens bien le bout de ma bretelle,
mon pt..t homme! là !... voilà ce que
c'est.

M. AUDOUIN, *en extase.*

Air : *Lison dormoit dans un bocage.*

Ah! que je t'aime avec ta hotte !
Tiens, ma foi ! la hotte est ton fard ;
Ton gros minois me ravigote.

Madame AUDOIN.

Je vais partir, il se fait tard.

M. GORSAS.

Vit-on jamais plus lourde charge ?

M. AUDOUIN.

Mais voyez donc qu'elle a bon tour!
Attends, m'amour!
Ah ! que c'est lourd.
Ton panier vraiment est trop large,

Faisons becquot
Jusqu'à tantôt,
Adieu, tu reviendras bientôt,

Madame A u d o u i n.

Adieu, je reviendrai bientôt.

(Ils s'embrassent comme deux amans.)

Mon mari va garder les manteaux
pour composer sa feuille ; le tems
presse, et l'on va venir la chercher.
Allons, allons, marchez devant moi,
petit Jacobin euragé !

G o r s a s, *à Audouin.*

Au revoir, flambeau des citoyens.

A u d o u i n.

Sans adieu, la fleur des patriotes !
à ce soir, là-bas, au club, tu sais
bien?....

Madame A u d o u i n.

Et moi, j'en serai, j'espère ?

Audouin.

Parbleu, cela parle tout seul....

(Ils s'en vont.)

SCENE V.

AUDOUIN, *seul,*

Audouin.

Eh bien ! ce maudit chat encore après mon bonet ! Mais si j'étois du tems de Pithagore qui a tant parlé sur la transmu.... (1) Oui, la transmutation des animaux (2), je croirois

---

(1) D'autres diroient, la métempsychose ; mais M. Audouin, en grand homme, n'y regarde pas de si près.

(2) Note du témoin oculaire du bon ménage du citoyen, et de la citoyenne Audouin, etc, etc,

que

que c'est l'ame d'un chien d'aristocrate qui se moque de la révolution.

(Il la chasse.)

Mais apercevant la lettre que madame Audouin a laissée par mégard
sur la cheminée.

(Il lit.),

*A madame, madame Audouin,
blanchisseuse active, rue de
Tournon.*

Oh ! oh ! en voilà bien d'un autre
à présent ! Une lettre à ma femme ?
Pour le coup, c'est du nouveau !
Voyons ce qu'elle chante ? Elle n'é-
toit pas même cachetée ; qu'est-ce
que cela veut dire ?

(Il lit.)

« Charmante citoyenne !
Vous qui maniez la parole, le sa-
von et le fer chaud à poignée, en

C

repassant les chemises de Gorsas ; et les bonets - ronds de vos belles rivales , y compris ceux de feue ma pauvre défunte ; c'est un mari veuf depuis quinze jours ; c'est un tourtereau plaintif, qui, du sein de la plus vive douleur, élève son ame vers vos divins appas. Venez donc , étoile polaire du faux-bourg Saint-Germain ! lancer vos rayons bien-faisans dans l'ame du plus grand ad-mirateur des charmes de la grosse Audouinette »....

Oh !oh ! c'est du style familier !...

(*Il continue.*)

« Adieu, belle citoyenne ! je déposé mes férules et mes martinets, mon sabre et mon hausse-col de capi-taine, y compris mes épaulettes d'or, aux pieds de vos bonnes graces ; comme Mars abandonnoit son armure dans les bras des amours, pour embrasser Vénus tout à son aise.»

Faux-bourg des Sans-culotes, etc.

———

P. S. « Je ne signe pas ma lettre pour cause, à vous seule connue ; je vous attends sur le midi, sans faute, à fin de la classe du matin. Bravo ! je vois où c'est. (*Il regarde à son coucou.*) Voilà neuf heures qui sonnent à mon coucou, l'heureux couple se rejoindra sur le midi ! J'ai tout le tems de finir ma feuille chez mon libraire, et de rejoindre ma coquine, je ferai d'une pierre deux coups.

Air : Chantez, dansez, amusez-vous,

Habillons-nous donc promptement,
Sans faire ici grande toillette ;
Il faut profiter du moment
Pour attraper dame Audouinette ;
Prenons ma hache de sapeur,
Avec cela je ferai peur.

(Il boit un verre d'eau-de-vie.)

Avec cela j'aurai du cœur.

LA PETITE MISTIFICATION

D U

PATRIOTE JACOBIN CORSAS,

Arrivée un certain Samedi sur le Pont-neuf entre dix et onze heures du matin, en présence de témoin dignes de foi, etc.

Faisant suite au bon ménage du Citoyen, et de la Citoyenne Aud****.

ACTEURS ET ACTRICES.

Madame AUDOUIN, blanchiseuse, femme d Audouin le Journaliste universel.

Madame DESMOULINS femme du Journaliste des Révolutions de Brabant.

Monsieur GORSAS, Journaliste, etc.

Un QUIDAM.

La Scène est sur le Pont-neuf contre la Samaritaine.

Mistification de G....

LA PETITE MISTIFICATION

DU

PATRIOTE JACOBIN GORSAS,

SCENE PREMIERE.

Le Théâtre représente le bas du Pont-neuf et la Samaritaine. Madame Audouin portant une hote sur le dos. Le citoyen Gorsas la suit à la piste.

La Citoyenne AUDOUIN.

Reposons-nous un instant sur le Parapet, en vérité je ne suis pas trop habituée à porter un pareil fardeau, je n'en puis plus.

(Apercevant Gorsas.)
Ah! ah! vous voilà donc encore

C 4

citoyen Gorsas ? toujours sur mes talons, ma foi c'est impatientant, après vous avoir donné votre congé dans la rue du Four. Vous devez vous tenir cela pour dit : vous m'obsédez.

Air : *Des Pantins.*

Non, rien n'est si fatiguant,
Qu'un Jacobin qui veut plaire ;
Non, rien n'est si fatiguant,
Qu'un Jacobin intriguant,
Le renvoyer en grondant,
Il devient plus excédent,
L'écouter tout au contraire,
C'est le rendre extravagant,

GORSAS.

Mais chère Concitoyenne ! daignez au moins m'entendre jusqu'au bout.

La Citoyenne AUDOUIN.

Non je n'écoute rien, tenez voilà

déja du monde qui va s'attrouper
autour de nous, en vérité l'on ne
peut pas se reposer à son aise dans
la République.

(Elle change de place.)

G O R S A S.

Le parapet pourtant est assez large,
et votre hote ne peut pas glisser.

Air : Je l'ai planté, je l'ai vu naitre.

Oui, malgré cet air de réserve,
Vous rangez mon cœur sous vos loix.
Je crois voir la fiere Minerve,
Qui d'amour porte le carquois.

La Citoyenne A U D O U I N.

Une fois pour toutes, monsieur
Gorsas! si vous ne finissez pas vos
propos, je vais crier. . . . Passez votre
chemin.

G O R S A S.

Mais divine Audouin! cet amour

si tendre, ce feu patriotique ne vous
touche donc pas?

Madame AUDOUIN.

Non, encore une coup! non; mais
voilà que j'aperçois une de mes
pratiques qui passe sur le trottoir,
laissez-moi lui parler, madame,
madame vous courez bien vite,
j'allois chez vous porter le linge,

SCENE II.

La Citoyenne AUDOUIN, GORSAS, La Citoyenne DESMOULINS,

La Citoyenne DESMOULINS.

(Se retournant.)

Ah! ah! je ne vous remettois pas, avec cette hote sur le dos, comme cela change. Vous avez donc renvoyé votre petite porteuse?

La Citoyenne AUDOUIN.

Il l'a bien fallu quand le manque d'ouvrage s'en mêle, on fait ce qu'on peut toute seule, et cela coûte moins de façon.

Madame DESMOULINS.

Allons, dans une petite heure n'est-ce pas? je serai de retour au logis; vous allez venir, nous déjeunerons ensemble, la grosse maman !

Madame AUDOUIN.

Cela ne sera pas de refus, aussi bien je suis lasse de courir depuis le matin avec cette charge sur le corps, sans avoir rien pris, cela m'exténue.

Monsieur GORSAS.

Si je ne me trompe c'est la Citoyenne Desmoulins que j'ai le plaisir de saluer ?

La Citoyenne DESMOULINS.

Oui ! vous êtes un joli garçon Citoyen Gorsas ! vous retenez toujours mon mari à faire des motions qui n'ont pas le sens commun, je

vous avertis que si cela continue je
vous ferai défendre ma porte.

GORSAS.

Air : *Ne m'entendez-vous pas.*

Je ne m'attendois pas,
A pareille menace,
Citoyenne à ma place
Que faire donc hélas ?
D'honneur on n'y tient pas.

La Citoyenne DESMOULINS.

L'on y tiendroit bien à moins,
comment un homme que Monsieur
m'a renvoyé gris à trois heures du
matin, et qui veut tout briser chez
lui, cela est bien patriote ! ! !

La Citoyenne AUDOUIN.

Et moi je vous en livre autant, on
m'a ramené mon Citoyen dans le
même état, je n'ai pas seulement
pu le déshabiller pour coucher, tant

Il étoit plein ; et cela grace , encore
au Jacobin Goisas ! dame , quand
vous auriez douze chemises neuves
vous ne pouvez pas me démentir là-
dessus : mais nous ne sommes pas
ici pour toujours disputer devant le
monde qui nous regarde.

SCENE III.

Les précédents, un QUIDAM.

Le QUIDAM.

ALTE-là Citoyen, j'ai un mot à vous dire, venez par ici ; c'est donc vous, Monsieur le Gascon, qui brissotez si bien les chemises qui ne vous appartiennent pas ?

GORSAS.

Moi ? je ne connois pas ça.

Le QUIDAM.

Oui ! oui ! une certaine chemise fine ; qu'une petite blanchisseuse de la place Maubert, avoit une fois portée chez vous la croyant une des vôtres, et que vous avez éu l'honnêteté de garder par provision, (*regardant à la chemise de Gorsas.*) Et tout juste! c'est elle-même je la reconnois au jabot ; car l'honête républicain en a déja ôté les manchettes. Mais c'est votre dos qui va me les rembourser!!! (*Il lui donne une volée de coup de canne.*)

GORSAS.

Aye! aye! aye! au secours, mais, mais pour une chemise on ne bat pas les gens, (*on s'explique auparavaut.*)

Le QUIDAM.
(*De sang froid.*)

Ah ça d'après ce petit à-compte.
Air:

Air : *Des chemises, à Gorsas.*

> Rendez-moi ma chemise,
>   Mon cher !
> Rendez-moi ma chemise ;
> Ou je vous traite en luciter,
>   Aujourd'hui sans remise ;
> Rendez-moi ma chemise
>   Mon cher !
> Rendez-moi ma chemise.

Si sous une heure elle n'est pas rendue chez moi, je renouvelle vos honoraires.   (*Il s'en va.*)

La Citoyenne AUDOUIN.

Dame ! si vous aviez filé quand je vous l'ai dit, cela ne vous seroit pas arrivé, du moins en plein jour.

GORSAS.

Ah ! ce n'est rien que cela, j'oublie tout quand je contemple vos charmes...

D

(50)

Air : Que le Sultan saladin!

Qu'un bélître d'un gourdin,
M'attaquant en vrai gredin ;
Pour une chemise grise,
Que j'ai sur moi par méprise,
M'accoste d'un air brutal :
C'est mal, fort mal ;
Mais cela m'est bien égal,
Mon dos au fait de l'aventure,
Paye en nature.   *bis.*

La Citoyenne DESMOULINS.

Cela s'appelle prendre son parti
en brave.

GORSAS.

Nous autres gascons nous ne re-
gardons jamais ce qui se passe derrière nous, cela n'empêche pas...
idole de mon âme!...

Madame AUDOUIN.

Retirez-vous malheureux! et ne

mettez jamais les pieds chez moi, je
vous renverrai vos chemises dès ce
soir par un savoyard.

GORSAS.

Oui ! oh bien ! je vous chanson-
nerai, à la barbe de votre mari.

(Il s'en va)

La Citoyenne AUDOUIN.

Eh bien ! Citoyenne ! donnez donc
un pied à ce drôle-là, il en prend
quatre, oh ! oh ! tu n'as qu'à venir
avec tes chemises volées, je te rece-
vrai en enfant de bonne maison.

Air : *C'est ce qu'on ne voit guère.*

Qu'un Sans-culote à longue pique,
En soutenant la République,
Débite d'ennuieux discours,
C'est ce qu'on entend tous les jours;

Mais qu'on nous prouve sans mistère,
Du bon sans la convention ;
Et de l'honneur chez un gascon ,
C'est ce qu'on n'entend guère.

LA PREMIÈRE TOURNÉE

DE

MADAME A***,

OU

L'ESPERANCE DES BONNES GENS,

PIÈCE PATRIOTIQUE;

Faisant suite à la Mistification du Patriote jacobin Gorsas.

D 5

ACTEURS ET ACTRICES DE LA PIECE.

Monsieur POIVRÉ, Marchand de Rogome.

Madame POIVRÉ, sa femme.

Madame AUDOUIN, Blanchisseuse.

THOMAS BRUL'OUEULE, Charbonnier

LATULIPE, Fort de la Halle.

La mère POLICARPE, Marchande de Marée

BEAUSOLEIL, Marchand de Chansons.

Monsieur VERMOULU, Poëte.

La Scène est dans la Boutique d'un Rogomier au faux-bourg des Sans-culotes.

1ere tournée de M.me Axx.

LA PREMIERE TOURNÉE

DE

MADAME A***.

OU

L'ESPÉRANCE DES BONNES GENS.

SCENE PREMIERE.

Le Théâtre représente une boutique de rogomier, un comptoir avec les petits barils d'eau-de-vie, des tables, et des chaises ou tabourets, et etc.

M. POIVRÉ, Madame POIVRÉ.

M. POIVRÉ.

Dis donc, la griche ! il me paroît que ça n'va guère aujourd'hui, tout Paris est en l'air pour ce malheureux

D 4

Louis XVI, entends-tu l'tambour ?
j'ai bien peur que....

Madame Poivré.

D'quoi qu't'as peur grand lâche !
Eh ben si l'on s'bat tu march'ras, te
v'la ben malade ! gn'y a bien d'autres
qu'toi qui vont z'à la guerre et qui
n's'en plaignent pas.

M. Poivré.

Mais ma femme ! un homme à
mon âge.

Madame Poivré.

Un homme à ton âge est un poltron, quand z'il n'va pas t'au s'cours
de la patrie, jarny ! si j'avois t'un
queuqu'chosed'plus....là ! tu m'entends ? tu varrois voir la mère Poivré
comme ale'r'douill'roit, chien d'aristocrate ! tu n'es bon qu'pour toi.

M. POIVRÉ.

Air : *De tous les Capucins du monde,*
Ou : *A présent je ne dois plus feindre.*

Est-ce donc être aristocrate,
Quand à la Nation ingrate;
Il faut livrer son pauvre bien,
Avec un cœur patriotique ?
Pour être vis-à-vis de rien,
Je déserterois la boutique.

Madame POIVRÉ.

Hem ! vilain avare ! tu n'as que
d'l'ian qui coule dans tes vaines à la
place du sang ; pourvu que tu n'sois
qu'à amasser, trésoriser. Et pour qui?
pour des enfans qui buront à tes
dépens quand tu n's'ras plus.

M. POIVRÉ.

Ah ! voilà bien qu'est parlé t'en
bell'mère ! morgué ! s'ils sortiont

d'ton giron, tu n'dirois pas ça femme!
j'sis père moi ! z'et c'est tout dire.

Madame P o i v r é.

Ah ! gn'y a ben des chos't'à dire
là-d'ssus.

M. P o i v r é.

Femme ! respectez la mémoire
d'ma pauv'margot défunte, Dieu
z'ait son âme ; si al' avoit l'malheur
de boire, al' étoit bonn'mère, et si
s'n'avioit été z'au rapport d'mes enfans j'n'aurions pas t'été si sot que
d'me r'marier.

Madame P o i v r é.

Ah ! qu'à c'la n'tienne tu peux
ben fair'divorce quand tu l'voudras,
j'somm'libres grace à la révolution,
et j'somm'pas t'encore si déchirée
qu'j'n'valions notre prix. Tiens monsieur d'l'embarras ! vas-t'en donc
vieux singe !

M. POIVRÉ.

Te v'la dans ton fort , v'là ta gross'commère Audouin qu'arrive, ça va faire un parlement sans vacance.

SCENE II.

Les précédents , Madame AUDOUIN avec une hote de blanchisseuse sur le dos.

Madame POIVRÉ.

Eh! bon jour donc, la bell' des sept ! comm' la v'la brave avec s'te hott' sur l'dos! ça n'ly va pas mal, on voit ben qu'el' fait ses orges, la commère! et l'pauv' cher homme! comment va-t-il son journal ?

Madame. AUDOUIN.

Ah ! ne m'en parlez pas ; cela iroit moins mal s'il ne mettoit pas tant de tueries dans sa feuille, c'est une boucherie qui tombe des mains.

Madame POIVRÉ.

Mais, embrassons-nous donc citoyenne ! depuis l'tems qu' je n'nous somm' pas rencontrées, assisez-vous un brin dans l'comptoir ! attendez que j'vous débarasse d'ça ; mais j'vous avois pas cor vu, z'avec l'mant'let.

Madame AUDOUIN.

Je le crois bien, c'est mon coup d'essai de ce matin, je n'étois pas dans l'habitude de la porter, mais dame ! ma pauvre citoyenne Poivré !

Air : *De la marche d'Orléans,*

Il faut bien que l'on se ménage,
Quand on a de petits moyens;

Madame POIVRE.

Signaler par-tout son courage,
C'est l'devoir des bons citoyens;
J'somm'tous nés pour z'avoir d'la peine,
Ma commer' j'vous en livre autant;
    r'li, r'lan,
L'on n'vit plus qu'à la p'tite semaine,
    R'lantanplan, tambour battant.

Air : *Où allez-vous M. l'abbé ?*

Si gn'y avoit pas d'la trahison...
(*A M. Poivré.*)
Quand tu s'ras là comme un oison,
    Embrass' donc la commère;
    Fort bien !

Madame AUDOUIN.

Vous avez l'air compère!...
Vous m'entendez bien?

(62)

Madame Poivré.

Queuqu' vous l'i demandez t'a
et'ours-là, z'avec sa mine blasphème,
il est z'aristocrate, et j'sis jacobine,
moi, ça n's'accord' pas; ah! tu
n'risque rien, si tu continues dans
ta chienn' d'humeur, j'te lâche d'un
cran.

M. Poivré.

Morgué j'voudrois qu'ces jacobins
soient tretous pendus; gn'y a qu'eux
qui font tout l'mal.

Madame Poivré.

Laissons l'dire, j'somm' libres
nous autres, et j'nous moquons d'ça.

M. Poivré.

Air : *Ah ça v'la qu'est donc baclé!*

Oh! la belle liberté,
Qui nous tient dans la famine!

(63)

Madame. POIVRÉ.

« Tiens , tais-toi chien d'entété!
Ou si non d'ça moi j'textermine ;

Madame AUDOUIN,

Ah ! ma commère tout-doux !

Madame POIVRÉ.

On n'gagne rien z'avec les foux, *bis.*

Tu frais ben mieux d'aller servir
ton monde qu'attend z'après toi.

M. AUDOUIN.

Dame excusez commère ! il n'est
qu'onze heures , comme j'ai affaire
chez le maître d'école vis-à-vis, et
qui est le capitaine de votre section,

pour lui porter les bonnets-ronds de
feu sa femme, je suis venu causer
un petit moment avec vous, en attendant que midi sonne pour la fin
de sa classe.

SCÈNE

SCENE III

Les précédens, THOMAS BRUL'-
GUEULE, *Charbonnier* ; LATULIPE
Fort de la Halle ; la mère POLICARPE,
Marchande de marée.

M. POIVRE.

Quru qu'i vous faut sarvir citoyens?

THOMAS BRUL'OUEULE

Eh parguié ! ça s' demande-t-il ?
du ratafiat de la République comme
s'il en pleuvoit.

La mère POLICARPE.

Tiens, j'connoissons s'te grosse mèr'
là, c'est la femme du journal universel, s'te tête à gifles d'la rue

E

d'Tournon, qu'avoit s'autr' fois des moustaches quand falloit monter sa garde ! Est-c' qu'al est blanchisseuse sa femme actuell'ment, qu' v'la z'une hote à côté d'elle pleine d'linge ?

LA TULIPE.

Ah ! parguié ! al' n'a toujours t'été qu'ça.

La mère POLICARPE.

Dis donc la bell'bonnet rond fond-rose avec l'bandiau d'l'amour, quand c'est-y donc qu' vous m'payerez ces harengs, qu' votre homme m'a pris, sallés, d'l'autr' jour z'au coin d'la rue, t'a crédit, d'Sainte-Marguerite, pour son diner ? c'n'est par c'que j'dis qu' j'en parle, j'sis t'honèt' femme, j'sommes pas pour ....

Madame AUDOUIN.

Il faut que chacun ait son du, cela est trop juste !

Air : Que j' testims mon cher voisin !
Ou : Ne v'la t'y pas que j'aime.

La maman combien | voulez-vous ?
Contez-nous ça bien vite ;

La mère POLICARPE.

Lâchez-nous t'un papier d'dix sols ;
En payant j'vous tiens quitte.

Madame AUDOUIN.

Tenez en voilà un de quinze, c'est
cinq sols à rendre.

La mère POLICARPE.

C'est qu'j'n'ons pas d'la mon-
noie, bel ange ; dis donc toi Thomas !
quitte ta pipe pour un instant, n'as-
tu pas t'une pièce d'cinq sols t'a
m'prêter pour la citoyenne ? j' te
r'mettrai ça.

THOMAS BRUL'GUEULE.

J'en avons t'une tout juste, qu'al s'est moisie d' dans l' fond d' mou gousset.

La mère POLICARPE.

Y'en vous r'marciant la belle aux yeux doux !

Madame AUDOUIN.

Il n'y a pas de quoi, citoyenne !

SCENE IV.

*Les précédens, un marchand de chan-
sons.*

La mère POLICARPE.

Tiens v'la Biau-Soleil l' chanteux
de d'ssus l' quai des Ormes, v'nez
donc z'ici faraux t'à côté d' nous
gn'y a d' la place.

BEAU-SOLEIL.

Mais vrament la mère Boniface !
j'voulons pas vous déranger p' t'être.

LA TULIPE.

Eh ben ! queuqu'tu nous diras
d'bon, toi qui cour les rues, comme
un chat maigre ?

BEAU-SOLEIL.

Ma foi c' que tout l'mond' sait,
l'affaire d'nos prisonniers du temple,
ça va mal pour lui z'et pour sa clique.

La Mère POLICARPE.

Pas vrai qu'il l'aura ben gagné? là,

BEAU-SOLEIL, (*Chante.*)

Vantez-vous en, vantez-vous en.

'Air : *Amis chantons à pleine voix.*

La guillotine on posera,
Pour exercer la vengeance ;
Le Roi la Reine et cætéra,
Partiront en diligence ;
La famil e la dansera,
J'vous en donnons l'assurance ;
Et d'aise Paris chantera,
Plus de monarque en France.

Chœur. Et d'aise Paris, etc.

M. POIVRE,

Comment jarny pus d'roix ! mais !.
mais !..

La mère POLICARPE.

'Tiens quoi qu'i s'mêle ? dis donc,
ais vilain Jannot, z'avec ton bonnet
d'police ! si on l'soit paroître au vis-
à-vis d'ton roi , les pères, mères,
femmes et enfants qu'avont pardu
tout c' qu'ils aviont d'pus cher, t'a
la journée du dix d'août, tu varrois
comme l' gros Louis s'roit blaù.

M. POIVRE.

Z'il vrai ma commère ; mais la
politique stapendant !. ....

La mère POLICARPE.

La politique ! eh bu donc ! valet
d'ivrognes , est-c'que tu connois ça
toi , mel'toi d' vendre ta ripopée
que j' dis, et moi mes harengs.

BEAU-SOLEIL.

Bast, bast, laissons st'oliberine-
là z'avec ses doléances en façon d'jé-
rimie; j'allons vous chanter z'un
p'tit queuqu' chose, d'ssus la r'pu-
blique qui vous divartira.

La mère POLICARPE.

Ah! Ben cont' nous ça fiston? ta
s'ras ben genti, tiens bois un' goute
pour t'mettre en train.

BEAU-SOLEIL.

Air : *Revenez-vous de Chantilly.*
J'en pinçons d'ssus st'article-là ;

LA TULIPE.

Paix morgué! silence par-là!

BEAU-SOLEIL.

Faites donc venir t'aboire,

La Mère POLICARPE.

Vrament mon copère voire,
Vrament mon copère oui,

(BEAU-SOLEIL *s'accompagne de son*
violon.)

Air : *Allons la voir à Saint-Cloud.*

V'nez t'entendre après l'Pont-neuf,
Une chanson tout' nouvelle ;
J'l'avons r'machée comme un bœuf,
Dans notre grosse carvelle ;
D'ssus l'bonheur de la nation,
Ça mérite attention ;
Si j'n'avons pas d'mitraille,
Je n'craindrous pas qu'l'on nous raille.

chœur. Si j'n'avons pas d'mitraille, etc.

M. POIVRÉ.

Eh ben ! quoi j'mengerons d'la paille.

La mère POLICARPE.

Tais-toi donc vieux guiabl' d'em-
poisonneur d'chrétiens ? mais c'est
vrai ça, est-c'qu'tu s'rois t'aristocrate par hazard ; tiens n'nous
fais pas mettre après ta frip'rie car
tu n'en s'rois pas l'bon marchand.

(BEAU-SOLEIL continue)

Chacuns s'lon leux p'tits moyens,
Vont se r'tirer d' la poussière ;
D'sans cullot' z'et d'citoyens,
Ç'a f'ra t'un'armée z'entière ;
Pour sabouler comme des chiens,
Ces Prussiens ces Autrichiens,
Y'en vrais lurrons d' la gance,
Tout Français marche en cadence.

Pour payer ces fiers soldats,
Daus leux grosses entreprises ;
Sur le quai l'ami Gorsas,
A vendu ses trois chemises ;
A son ennemi vaincu,
Il vaut mieux montrer son cu ;
Du cœur c'est l'interprète,
Si l'on en croit l'biau Villette.

Marat, Carrat, Desmoulins,
Z'avec l'honète Prud'homme ;
Iront cheux les Jacobins,
Pour méditer d'ssus l'droit d'l'homme ;
Tout favori d'Appollon,
Nous raclera d'ssus l' violon ;
En chantant sans réplique ;
L'bopheur de la République.

THOMAS BRUL'GUEULE,

Al' n'est pas mal st'al'là, buvons t'al'av'nant, à vos santés vous autres.

La mère POLICARPE.

Tope ! à la tienne, mon p'tit ! tu nous chant' c'la z'avecun' grace t'en mirgnature d'roucoul'ment d'porte voix d'naturel que gn'y a pas son égal.

BEAU SOLEIL.
(Voyant passer M. Vermoulu.)

M. Vermoulu ! Monsieur Vermoulu entrez donc par ici. . . . .

La mère POLICARPE.

Qui donc c' qu'il appelle z'avec son monsieur vermoulu ?

BEAU-SOLEIL, ouvrant la porte de la boutique (*il lui fait signe d'entrer.*)

Par ici, par ici, chit, chit, entrez donc z'un moment, là v'là c' quo c'est, farmez la porte j'ons froid.

SCENE V.

*Tous les précédens, M. Vermoulu,
Poète.*

M. VERMOULU.

SERVITEUR à toute l'aimable as-
semblée, que désirez-vous de moi?
cher concitoyen !

BEAU-SOLEIL.

Vous m'avez donné t'un' chanson
l'autr' jour dont qu' je n'savons pas
la mettre sur l'air ; si vous nous la
chantiez papa citoyen ! ça nous di-
vartiroit tretous , et j'frons chorus,
ça-y-est-il ? j'burons t'un' gout' z'à
la santé d' la nation.

M. VERMOULU.

Ah! sur cet objet je ne taris jamais,

malgré que la révolution m'ôte une place de huit cent francs, je n'en suis pas moins bon patriote ouai ! ! ! à votre santé.

BEAU-SOLEIL.

Ben obligé, ben obligé.

La mère POLICARPE.

A la vôtre lurron !

M. POIVRE.

Cela s'appelle mourir de faim à la hauteur des principes.

M. VERMOULU.

Oui mes amis ! car toujours.

Air : *Du curé de Pomponne.*

J'ai dans l'esprit qu'on bâtira,
République accomplie ;
Que maint citoyen jouira,
D'un sort digne d'envie ;

Ah ! comme nous verrons tout cela ;
  Si Dieu nous prête vie !
chœur Ah ! comme nous , etc.

Oui le bon tems va rajeunir ,
  Notre gaité française ;
Ivres d'amour et de plaisir ,
  Nous vivrons à notre aise ;
Combien de fortune à choisir ,
  Moi qui suis de Falaise !

C'est la patrie de votre serviteur.

BEAU-SOLEIL.

Oh ! gn'y a pas d'serviteur , c'est
rasé t'à présent , tout l'mond' z'est
citoyen d'égalité ; ainsi vous n'y ét'
pas t'encor , cher père !

On verra fleurir les beaux arts ,
  Pour illustrer la France ;
On chantera de toutes parts ,
  Quel' douce espérance !
Que de tricolors étend :rts ,
  En donnent l'assurance !
chœur. Que de tricolors étandarts ,

Combien de chefs-d'œuvres nouveaux,
  Embelliront la scène !
Quelle cohorte de bourreaux,
  Qui suivront Melpomène !
Si nous en croyons les corbeaux,
  Que le bon tems ramène.
chœur. Si nous en croyons les corbeaux,

Combien de têtes à couper,
  A ces aristocrates !
Puissent-ils enfin décamper,
  S'ils tomboient sous nos pattes ;
Ah ! pour s'int'ment s'occuper,
  Vivent les démocrates !
chœur. Ah ! pour saintement, etc,

Combien de maris jacobins !
  De mamans patriotes !
Feront répétter aux bambins
  Vivent les sans-culotes !
Ah ! que nos pères étoient jobins !
  Foin des iscariotes.
chœur. Ah ! que nos pères, etc.

Liberté de religion,
  Plus de cloches aigues ;
Pour tirer la contagion ,

Nous

(81)

Nous ressemblons aux grues ;
Ah ! vive la convention,
Qui fait voler aux nues !
chœur. Ah ! vive la convention, etc.

Tout citoyen prendra l'essor,
Sans aller à l'église ;
Pour accumuler un trésor,
Faut-il qu'on se déguise !
Sans encenser une croix d'or,
Chacun prie à sa guise.
chœur. Sans encenser une, etc.

Plus d'avocats ni médecins,
Ni régents de collège ;
A quoi bon ces ignorantins,
Criant au sacrilège ?
Pour débiter des mots latins,
Faut-il un privilège ?
chœur. Pour débiter des, etc.

Ces louis d'or, ces gros écus,
Ternissoient notre gloire ;
C'est bon pour des peuples vaincus,
Qui ne pensent qu'à boire ;
N'avons-nous pas des torche-culs,
Pour aller à la foire ?

F.

La mère POLICARPE.

Oh! pour ce qui est d'ces torch'-
culs - là, citoyen! j'voudrions t'en
avoir plein ma poche, j'n'en serions
ma foi, pas t'embarrassées.

(Ils se remettent à boire à leurs tables.)

Madame AUDOUIN.
(reprenant sa hote.)

Allons ma commère!. je vous
quitte, l'heure m'appelle, et je
n'ai plus de tems à perdre voilà les
midi qui sonnent, je crois que la
classe du citoyen Pinçon est finie,
sans adieu ma chère Concitoyenne!

Madame POIVAL.

Ah! v'nez donc nous voir pus sou-
vent méchante !. avec st'homme,

am'nez-nous lo, t'nez d'mam dimanche. gn'y a d'pus bieau deuil
que d'ssus la fosse. J' farm'rons la
boutique d'bon'heur'; onver'té z'aveo
s'te hotte sur l' dos, al est belle à
manger !

(*A M. Poivré*)

Embrass' là donc toi nigu'douill'!
faut toujours t' dir' ça.

M. POIVRÉ.

J' somm' ben aise d'vous avoir vu
commère! ah! ous' qu'est l' tems
qu' j'allions manger d' la fin' mate-
lotte, z'au gros caillou t'avec l' frot-
teux d' monsieu l'Curé, z'et l' d'on-
neux d'iau b'nite, mon pauvre cher
oncle! hin? d' Saint-Suplice? dam!
c'étiont cor' l' bou tems.

Madame POIVRÉ.

Vas, vas; pas d' chagrin not'

homme! faut z'espérer qu' ça r'vien-
dra.

M. POIVRE.

Ah ! oui! quand les poules march'rout z'avec des béquilles.

———————

LE CAPITAINE,

MAITRE D'ECOLE,

OU

LE TRIOMPHE

DES SANS-CULOTES,

Petit divertissement historico-civico-patriotico-disciplinato-ricomique, à l'usage des Corps-de-gardes des Sections nationales.

Faisant suite à la PREMIÈRE TOURNÉE *de Madame A***.*

F 5

Citoyens Acteurs, et Citoyennes Actrices.

PINÇON, Maître d'Ecole et Capitaine des petits citoyens co-actif de la Section, etc.

GILLOTIN, Ecolier bègue, favori de Maître Pinçon, etc, etc.

AUDOUIN, Journaliste, Grenadier, etc.

La Citoyenne AUDOUIN, Blanchisseuse.

M. DE GÉNICOURT, Citoyen malgré lui.

MATHIEU, Coup'tête, Savetier.

BRUL'POITRINE, Vétéran.

FUSILIERS, PIQUIERS et SANS-CULOTES.

ECOLIERS, grands et petits.

Le Capitaine Maitre d'école. Scene 7.

LE CAPITAINE
MAITRE D'ÉCOLE.

SCENE PREMIERE.

Le théâtre représente une grande Salle d'École, autour de laquelle sont des Écoliers, assis sur leurs bancs ; les uns sont occupés à étudier, d'autres à écrire sur leurs tables.

Le Capitaine PINÇON, (occupé à débrouiller plusieurs billets de garde que l'on lui a renvoyés, ect.)

LE citoyen Génicourt, n°... rue... Oh ! pour le coup ! en voici un qui ne l'échappera pas cette fois-ci.... Il faut un exemple frappant pour ces petits messieurs qui, ne voulant pas être citoyens, se donnent les airs de ronfler tranquillement dans leurs lits, sans daigner se faire remplacer. Oh là ! petits camarades, qui est-ce qui m'ira chercher deux fusiliers à la section ?...

TOUS LES ÉCOLIERS.

C'est moi, citoyen maître ! c'est moi ! c'est moi !....

Le Capitaine PINÇON.

Bon ! bon ! je n'ai pas besoin de tant de monde pour cela, un seul me suffit ; écoute, Gillotin.

GILLOTIN, *bégayant*.

Plai, ai, ait'-il ci, i, i, itoyen maître !

Le Capitaine PINÇON.

Fais-moi venir deux fusiliers bien armés, deux fiers-à-bras, là, tu m'entends ? Allons, marche.

SCENE I I.

Le Capitaine P I N Ç O N, tous les ECOLIERS, excepté GILLOTIN.

Le Capitaine P I N ç o N.

CE cher enfant, comme il est patriote! ah! c'est un brave garçon, qui, graces à mes leçons nationales, sera un jour le soutien de la république (*calamo gladioque*); c'est dommage qu'il bégaye un peu ; il se seroit distingué dans la tribune aux harangues. Allons, mes petits camarades! prêtez-moi une oreille attentive en l'honneur des soutiens de la liberté ; car, dans ce joli siècle de lumières, où Jannot a remplacé Diogène, et Marat Cicéron ; il faut,

nous dit depuis long - tems , le cé-
lèbre auteur du *Journal Universel* ;
il faut , nous dit-il , que la révolution
soit une bien belle chose , puisque
toutes les puissances de l'Europe
veulent se liguer pour la détruire.

Air : *Du Vaudevile de la nôce*
Béarnoise.

Dans la controverse inutile,
Jadis la bible et l'évangile
Nous induisoient en vrais jobins ;
En dépit de 'a cour de Rome,
Ne suivons que les droits de l'homme ;
C'est le flambeau des Jacobins. *(Choras.)*

Nous prenant pour de vils esclaves,
Les cardinaux et leurs conclaves
Nous infestoient de calotins ;
Le règne est passé du Saint Père,
Et la patrie est notre mère,
Sous le niveau des Jacobins,
(Chorus.) Sous le niveau des Jacobins.

Entre l'amour et la fortune,
Bravez le courroux de Neptune
En généreux républicains ;
Et si vous craignez quelqu'orage,
Virez toujours, avec courage,
Vers le fanal des Jacobins.
(*Chorus.*) Vers le fanal des Jacobins.

Pour terrasser tous les despotes,
Quittez vos bêches et vos hotes,
Peuples nombreux de souverains !
A la voix des tyrannicides,
Vous serez bientôt des Alcides,
Sur les traces des Jacobins.
(*Chorus.*) Sur les traces des Jacobins.

Oui, mes chers petits concitoyens,
le patriotisme depuis 1789, est l'égide
sous lequel les braves Sans-Culotes
des faux-bourgs de Gloire et de l'E-
galité, entretiennent le feu sacré et
purement national, en l'honneur de
la plus sublime des insurrections
venues et à venir. Or, maintenant

que la classe est finie, allez, petits camarades, exercer vos corps délicats aux travaux de Mars ; puissiez-vous devenir un jour les dignes soldats d'une révolution qui nous fait marcher dans la route du bonheur à pas de géans.

Refrain de la Ronde des Marseillois.

Aux armes, citoyens !
Formez vos bataillons ;
Marchez,   *bis.*
Qu'un sang impur,
Abreuve nos sillons.

Tous les Ecoliers (*en chœur.*).

Aux armes, citoyens !
Formons nos bataillons ;
Marchons,   *bis.*
Qu'un sang impur
Abreuve nos sillons.

Ils s'en vont deux à deux ; les uns

avec des petits fusils, et d'autres avec de longues écritoires, et des rouleaux de papier sur leurs épaules ; au son d'un petit tambour qui marche en avant, précédé d'un petit drapeau de papier aux trois couleurs de la république.

SCENE III.

Le Citoyen Capitaine PINÇON; GILLOTIN , tout-essoufflé, deux FUSILIERS.

GILLOTIN.

ME , e , e , voilà, ca , ca , ca , pi , pi , pi , pitaine maître , a , a , a avec les deux fu , u , usiliers qu'qu'que vous ous , ous ; a , a , avez de , e , e mandé tan , an , an tôt.

Le Capitaine PINÇON.

Bravo ! soyez les biens venus :
(*à Gillotin*) Tiens, voilà une car-
touche pour la peine, va t'exercer
avec les autres au brave métier des
patriotes.

GILLOTIN.

Bien, en, en, o, o, obligé ci, i,
i, itoyen maître !

(*Il s'en va.*)

Le Capitaine PINÇON.

Camarades citoyens.

Air : *Veillons au salut de l'Empire.*

Il s'agit de punir un crime,
Commis envers la nation ;
Il faut qu'à son tour elle imprime,
Écoutez donc ma motion ;
  Liberté !   *bis.*

Que ce beau nom vous encourage,
A ces tyrans, infligeons la correction ;
Ne souffrez pas que l'on outrage
Les soldats de la Convention.
(*Chœur.*) Ne souffrons pas 'etc. etc.

Le Capitaine PINÇON.

Vous connoissez un certain Génicourt, le fils aîné de cette vieille aristocrate, qui auroit bien voulu émi-
grer, et dont nous avons brisé les
armoiries et les bustes du fourbe
Henri IV, et du scélérat Louis XIV,
ces monstres dont nous avons fon-
dues les statues pour faire des canons
et des gros sols.

LES DEUX FUSILIERS.

Oh ! que oui !

Le Capitaine PINÇON.

Hé bien ! ce ci-devant qui chante
soir et matin comme un rossignol,
s'avise de faire le malade : monsieur

ne veut pas mouter sa garde, ni même nous renvoyer son billet contre-signé pour le remplacer, bien attendu que les quarante sols qui en résulteroient nous serviroient à acheter quelques cartouches qui nous manquent pour maintenir le bon ordre dans Paris.

LES FUSILIERS.

Ah! ah! ouais! justice! justice!

Air: *Du Prévôt des Marchands.*

Force à la loi, force à la loi;
Du tems, faisons un digne emploi;
Portons aux fiers aristocrates,
Sans pitié le fer et la mort.

Le Capitaine PINÇON.

Avec de pareils démocrates,
La nation n'a jamais tort,

MATHIEU, *coupe tête (un des fusiliers.)*

Oh! parbleu, laissez-moi faire,
not'

not' capitaine , avec l' copère
Brull' poitrine z'et l' camarade
Mathieu , coup'tête, qu'est moi vot'
concitoyen , ça n'boud' pas...

Lo Capitaine PINÇON.

C'est bien dit , citoyens ! Mais
vous sentez-vous assez de force pour
venir à bout de ce petit monsieur ?
Il a de grands laquais.

MATHIEU, coup'tête,

Que j' mettrons t'à la raison
comm' ben d'autres , d'avec l' ren-
fort du corps-de-garde d'la section.
J'entour'rons tout drès d'abord la
maison t'en avant qu'd'entrer, d'un
fier détach'ment d'souverains sans-
culottes z'avec la pique t'au bras z'et
la mèche t'allumée , pour faire danser la maison t'à la fumée d'la patrie,
j'mont'rons t'à l'assaut... Oui, j'irale ,
z'en criant : vive la liberté , coulin z'à

la Bastille , qu'j'étions dans l'feu
d'loin des plus fiers d'la bande, oui !

Le père BRUL'POITRINE, deuxième
fusilier.

Hem ! quand j'y pense , l'iau m'en
vient cor' t'a la bouche. Jarny! qu'eu
tonner' que s'te fêt'là ! ! !

Le Capitaine PINGON.

Tout va bien jusques-là; mais si...

MATHIEU , coup'tête.

Eh ! avec vos si.... nous n'en fini-
tions jamais.

Air : R'li, r'lan, etc.

Ous'que la gloire nous appelle ;
Marchons t'en bons républicains ;
Nuit z'et jour j'battons la semelle ,
Pour viv' comme l'z' Américains ;

Dans l'chemin si j'trouvons queuqu'drille ;
Qui s'gouaille d'nous t'en nous toisant ,
R'li , r'lan , r'li , r'lan ,
Z'a coups d'tir'pieds , moi , j'vous l'étrille ,
R'lan tan plan tambour battant.

SCENE IV.

Le Capitaine PINÇON , *seul.*

(*Il examine ses martinets et ses férules*)

Air : *Du Vaudeville du Tonelier.*

Voyons s'il soutiendra l'assaut ,
Cet atribut de ma puissance ?
Peut-il inculquer comme il faut ,
Du patriotisme l'essence ?
Pour bien fesser un faux bourdon ,
Il me faut encor un cordon ;

G 2

Visitons, visitons, visitons bien,
A ces nœuds s'il ne manque rien.

(Il essaye sur le mur, sur les bancs,
et légèrement sur ses doigts, aye !
aye ! cela chatouille un peu fort !
Mais j'entends déjà du bruit dans
l'escalier ; c'est sûrement mon drôle
que l'on m'amène : oh ! comme je
vais l'épousseter !

SCENE V.

Le Capitaine PINÇON, les FUSILIERS
précédens, avec plusieurs autres qui
tiennent M. DE GÉNICOURT au collet.

Le Père MATHIEU, coup'tête.

Ah ! ah ! poltron ! tu te cachois dans
ton grenier pour n'pas marcher t'en
patrouill' z'avec nous ! que s'roit-ce
donc s'il falloit z'aller t'au feu ?...

M. DE GÉNICOURT.

Doucement donc, messieurs ! ne m'étranglez pas avant de m'entendre.

BRUL'POITRINE.

Tenez, citoyen capitaine ! v'là que j'vous l'am'nons comm' z'un' bêt' sauvage d'poison d'aristocrate.

Le Capitaine PINÇON.

Air : *Plan , plan , plan , plan , ou Régiment de la Calotte.*

Ah ! vous voilà, bon citoyen !
Avoir votre pâle maintien,
Seriez-vous un aristocrate ?
La colère gonfle ma rate ;
Mon cher ! je vous le dis tout net ;
Si je prends mon grand martinet,
Sans pitié je vous frotte ;
Plan, plan, plan,
Allons vite, à bas la culote.

G 3

M. DE GÉNICOURT.

Mon capitaine, excusez-moi,
Si je n'ai pas rempli la loi ;
De citoyen j'ai la cocarde,
Mais pouvois-je monter ma garde ?
Dans cette vilaine saison,
Faut-il donc, ainsi qu'un oison,
      Patoger dans la crotte ?
            Plan, plan, plan,
Allons vite, à bas la culote.

Le Père BAUL'POITRINE.

Tu n'es pas plus que nous, ainsi
pas d'quarquier.

            MATHIEU, coup'tête.
Oui ! vous serez discipliné,
      Et qui plus guillotiné,
Si vous nous faites résitance ;
A quoi bon jouer l'importance ?
Vous êtes citoyen soldat,
Et fussiez-vous sur le grabat,
Au tambour chacun trotte,
            Plan, plan, plan.
(Aux fusiliers.)
Tenez lui donc bas la culote

(103)

M. DE GÉNICOURT, *se démenant.*

C'est assez me faire danser,
Le jeu commence à me lasser ;
Me fustiger comme un grand lâche !

Le Capitaine PINÇON.

Citoyen, je remplis ma tâche ;
Il faut hurler avec les loups :
Camarade, encor que'ques coups ;
Sinon l'on vous garotte ;
Plan, plan, plan,
Tenez toujours bien la culote.

M. DE GÉNICOURT,

Je ne suis plus à l'a b, c.

Aye ! aye ! aye ! je suis écorché ;
Je touche à mon heure dernière,
Ménagez mon pauvre derrière ;
Au diable la correction !
Ayez pitié de mon croupion,
Il est tout en compotte ;

Le Capitaine PINÇON *(fouettant toujours)*

Plan, plan, plan,

(De sang froid.)

Reboutonez-lui sa culote,

G 4

Cela vous apprendra, mon cher ; à faire attention au commandement. A ce soir, vous êtes de garde à la section, vous vous y rendrez avec vos armes, sinon la petite cérémonie.

(Les fusiliers l'entraînent dehors ; mais en ouvrant la porte, ils se jettent dans le passage de la citoyenne Audouin, qui entre sur le théâtre avec une hotte de blanchisseuse sur le dos.)

SCENE VI.

Le Capitaine PINÇON, la femme D'AUDOUIN, Auteur du *Journal Universel*, etc. etc.

LA CITOYENNE AUDOUIN, *avec humeur.*

Eh bien! à qui en ont-ils donc ? Ils ont manqué de me jeter du haut en

bas de la montée , ces brutaux-
là!.....

Le Capitaine PINGON.

Juste ciel ! en croirai-je mes yeux !
Comment ! la citoyenne Audouin dans
mon école ? Eh bon jour donc , la
grosse maman ! la pauvre mère !
comme la voilà chargée ! ah ! il y a
conscience ! et depuis quand portez-
vous la hote , c'est du nouveau !

La Citoyenne AUDOUIN.

Ah ! dame ! la révolution qui m'a-
voit un peu remise dans les affaires ,
m'a replongée dans la famine. — Le
journal du patriote Audouin perd
de jour en jour. Je n'ai pas plus
de surplis pour les prêtres à blanchir,
que de chemises pour Gorsas ; aussi
j'ai renvoyé ma porteuse , et je fais
l'ouvrage moi-même , cela revient
moins cher.

Air : *Je suis Madelon Friquet*, etc.

Il faut voir la grosse Audouin,
Malgré la crotte,
Comme elle trotte ;
Il faut voir la grosse Audouin
Portant son linge fin au loin ;
J'apprête ma hotte avec soin,
Dans la journée,
Pour la tournée,
Ç'a peut servir au besoin,
Il faut voir, etc.

Le Capitaine PINÇON.

Tublou, citoyenne Audouin ! vous êtes femme de précaution, à ce qu'il paroît !

La Citoyenne AUDOUIN.

Il faut bien en avoir avec un mari capable de rien : ah ça, vous saurez que je n'ai pas monté quatre étages jusqu'ici pour des prunes, grace à votre lettre ; et vous m'allez payer, sans doute, trois mois de blanchis-

sage des bonets ronds de feu la citoyenne, votre femme, Dieu ait son
âme, j'ai mon papier tout prêt.

Le Capitaine PINÇON.

N'en parlons plus, elle est morte,
et il ne tiént qu'à toi de la remplacer;
car tu sais bien, soit dit entre nous,
que ! ! !

*(Il profite du moment où la citoyenne
se débarrasse de sa hote pour la car-
resser ; la bonne dame ne fait qu'une
résistance agaçante, etc.)*

La Citoyenne AUDOUIN.

Ah ! finis donc, petit fripon ; tu
me prends par mon.... foible !

Le Capitaine PINÇON.

Air : *Du Mirliton.*

Blanchisseuse séduisante,
Qui rends mon cœur comme un four)
Sur la croupe appétissante,
Laisse ton carquois d'amour ;

J'y veux, en ce jour,
Sans détour,
Ma charmante !
Trouver le contre et le pour.

Air : *Colinnette au bois s'en alla.*

Assis-toi donc sur ce banc-là,
Mets-toi par-ci, mets-toi comm'ça,
   Ta la de ri de ra !   *bis.*
Commençons par ce béquot-là,
Pour voir un peu comment ç'té ra,
   Ta la de ri de ra !   *bis.*
Penche-toi de ce côté-là,
En répétant par-dessus ça
La petite chansonnette,
Ta de ri de ra la, la, la, la, la,
   Ta, la, deri, dera ;
On'y a pas d'mal à ça.
    Audouinette,
On'y a pas d'mal à ça.

SCENE VII.

Madame **AUDOUIN**, le Capitaine
PINÇON.

*(Il se met en devoir de prendre les
dernières faveurs avec la citoyenne ;
mais on entend heurter fort par
M. Audouin, son mari).*

Le Capitaine **PINÇON,**

Qui est-là ? qui est-là ?

Le Citoyen **AUDOUIN.**

C'est moi, corbleu ! c'est Andoin,
ancien sapeur, moustachon du bataillon des Carmes, maintenant grenadier de la section du Luxembourg. Ouvrez.

La Citoyenne AUDOUIN.

Air : En passant par le Pont-Neuf.

Juste ciel ! c'est mon mari,
Quel vilain chativari !
Pour éviter sa colère,
Où pourrois-je me cacher ?

Le Capitaine PINÇON.

Ne vas pas, grosse commère !
Pour un rien t'effaroucher.

Le Citoyen AUDOUIN, *toujours dehors.*

Eh bien ! ouvrez-vous ? où je casse la porte. Dame, je n'entends pas les affaires, moi !

(Madame Audouin se recharge promptement pour se cacher derrière une porte vitrée, bouchée en partie par un rideau jaune ; mais elle est trahie par le haut de sa hote que l'on voit au-dessus, à travers les carreaux.)

(Pendant ce tems, le capitaine Pinçon ouvre l'autre porte d'entrée au citoyen Audouin).

AUDOUIN, *d'un air menaçant.*

Air : *Nous nous marirons dimanche.*

Ma femme est ici,
J'en suis sûr, ainsi,
Mon cher ! ouvrez cette porte ;

Le Capitaine PINÇON

Je suis maître ici,
Mon cher, dieu merci !
Si non j'appelle main forte ;
C'n'est pas pour peu,
Quand je prends feu ;

AUDOUIN.

Qu'importe?

Le Capitaine PINÇON.

Mon cher fiston !
Est-ce ainsi qu'on
S'emporte?
Calmez ce courroux ;
(Apart) Il est entre nous,
Jaloux d'une étrange sorte.

AUDOUIN.

Air : *Chantons Letaminl.*

Viens-çà belle Audouinette ,
Avec tes gros apas
Sans tambour, ni trompette ,
Je te casse les bras ;
Il n'est plus ce beau jour,
Malgré mon tendre amour,
Hélas ! je suis cocu . .
Et j'en suis convaincu.

Tu me croyois bien loin , quand je t'ai suivie parderrière , en sortant de chez le rogomier , citoyen Poivré , où tu as bu sans doute la goutte républicaine ; et vous , maître Pinçon , attirer , par une lettre insidieuse , une Citoyenne , pour... ah ! fi ! cela n'est pas digne d'un soutien de la convention.

Le Capitaine PINÇON (*s'excusant.*)

Ah ! citoyen Audouin ! me croyez-vous capable ?....

AUDOUIN

(113)

AUDOUIN.

'A bonne cause que l'on a mis le bonet de dimanche, et le beau déshabillé tout neuf, avec le fin tablier rouge, pour porter le mantelet d'osier sur le dos ; qu'est-ce que l'on mettra donc, quand nous ferons nos motions aux Jacobins ?

La Citoyenne AUDOUIN.

Air : Les regards d'Hélène.

Comme une mendienne,
Tu voudrois bien me voir aller ;
Mise en citoyenne,
Je veux m'installer ;
En portant la hotte,
Il vaut mi ux se donner un tour ;
Que d'être en ribotte,
La nuit et le jour.

AUDOUIN.

Est-ce être en ribotte, que de travailler, fans relâche, à interpréter les loix de toute une nation ?

H

Air : *Du ménuet d'Exaudet.*

Le lundi
Le mardi
Je m'épanche ;
Le mercredi,
Le jeudi,
Vendredi,
Samedi,
Joignez-y le dimanche ;
Mon journal
Au fanal
De la gloire ;
En confondant tous les rangs,
Aura sur les tyrans,
Victoire.

Sans redouter la critique,
Je suis pour la république ;
Nuit et jour,
Tour à tour,
Je me pique ;
Pour détrôner tous les rois,
Toujours ma forte voix,
S'explique.

Que Carrat,
Que Marat,
A leur guise;
Eguisent leur coutelas,
Avec l'ami Gorsas,
Qui n'est pas sans chemise;
Maître Audouin,
Dans son coin,
S'autorise,
Par de sublimes discours,
A soutenir toujours
La crise.

L'univers connoît mon journal d'un pôle à l'autre ; j'appelle les rois au tribunal des souverains, pour faire tomber leurs têtes coupables sous la hache de la raison.

La Citoyenne Audoux (*ironiquement.*)

Trouvée sans doute dans les brocs de vin de la porte Saint - Jacques , comme au Port-à-l'Anglais , par maître Audouinet ???

Le Citoyen PINÇON.

Toujours aristocrate , citoyenne Audouin ! vous ne guérirez donc jamais ?...

La Citoyenne AUDOUIN.

Ma foi ! aristocrate tant qu'il plaira à votre souveraineté , nous avons mangé du pain de la paroisse avec les aristocrates , au lieu qu'avec vos maudits Sans-culotes, on ne mangera que du foin de la révolution , si cela continue.

Le Capitaine PINÇON.

Et l'honneur d'être en République ?

La Citoyenne AUDOUIN.

Bel honneur , vraiment, que celui de mourir de faim pour une nation ingrate ! ! !

Le Capitaine P in g o n.

Chut ! voici nos citoyens qui sont déjà de retour pour me rendre compte de leurs exploits glorieux. S'ils vous entendoient, je ne répondrois pas de vous.

———

SCENE VIII.

LES PRÉCÉDENS, LES FUSILIERS et SANS-CULOTTES, avec les ÉCOLIERS en queue, entrent en ordre militaire, et défilent devant le Capitaine, etc. etc.

Le Capitaine PINÇON.

EH bien, camarades Sans-culotes ! avez-vous conduit notre cu-fouetté avec les égards dus à son anti-civisme ?

Le Citoyen BRUL'POITRINE.

Ah ! citoyen capitaine ! il n'ose plus lever les yeux, tant il est con-fus de ses torts,

Le Capitaine Pinçon.

Bon, bon, cela se séchera; en attendant nous allons finir notre séance par l'énumération des bienfaits de la République! c'est le citoyen Audouin, l'ancien sapeur du bataillon des Carmes, et grenadier de la section du Luxembourg, lui, dont la hache redoutable, forgée sur l'enclume patriotique de l'Europe, fait descendre les despotes de leurs trônes chancelans; le mari fortuné, enfin de la grosse blanchisseuse, ex-presbitérale, doctorale et cléricale des surplis et des rabats sulpiciens, y compris les chemises de Gorsas, et polisseuse des calotes de la Nation.

Les Citoyens.

Bon, bon! on n' connoît autres

dans le fauxbourg Saint-Germain,
rue de Tournon, z'en s' prom'nant
d'ssus l' soir l' long des maisons pour
prendre l' frais t'au clair d'la lune sans
qu' ça paroisse, cheux nous autres
Citoyens, on n' parl' que d' ça.

Le Capitaine PINÇON.

(Silence!) Camarades et citoyens !
portez les armes au véridique auteur
du Journal Universel, et de la révolution des royaumes, qui sape les
repaires des despotes jusques dans
leurs fondemens ; et piétous, en
dignes Républicains, une oreille attentive à l'oracle des tyrannicides,
sur le triomphé des Sans-culotes, etc.

Le Citoyen AUDOUIN.

Air : *C'est la petite Thérèse.*

Oh ! la belle République,
Grace à nos chers jacobins,
Nos Pères en marche oblique,
N'étoient que de vrais jobins ;

Ils graissent bien mieux nos bottes;
Tous les rois sont *equia* ;
Ah ! vivent les Sans-culottes,
Pour arranger ces coups-là !

En chœur. Ah ! vivent les Sans, etc.

Que de beaux châteaux à vendre ?

La Citoyenne AUDOUIN.

Mais qui les achétera?

AUDOUIN.

Range-toi donc de côté, femme !
avec ta hote, tu me bouches la vue
des bons citoyens.

(*Il continue le couplet*)

Que de seigneurs vont se pendre !
Tout Paris en parlera ;
Vous qui dédaignez nos crottes,
Maintenant vous y voilà ;
Ah ! vivent les Sans-culotes,
Pour arranger ces coups-là !

Chœur. Ah! vivent les Sans-culotes, etc.

La Citoyenne AUDOUIN.

Dans cette terre promise,
Grace à nos bons assignats ;
L'on se passe de chemise,
Si nous en croyons Goisas ;
En patogeant dans les crottes,
A cu-nu l'on marchera ;
Il faut bien des Sans-culotes,
Pour faire ces marchés-là.

chœur. Il faut bien des Sans, etc.

AUDOUIN.

Taisez-vous, femme ! vous n'êtes
pas à la hauteur des principes.

La Citoyenne AUDOUIN.

Vos principes ? ils sont si hauts !...
si hauts !.... que j'ai trop peur de
m'y casser le cou.

AUDOUIN.

Un aristocrate en France,
N'est qu'un dangereux poison;
Il doit-être à toute outrance,
Proscrit d'ici pour raison ;
L'égalité dans les crottes,
Du cahos nous tirera ;
Il faut-être Sans-culotes,
Pour s'attendre à ce jour-là.

chœur. Il faut être Sans, etc.

On va diviser les terres,
Comme des parts de gâteaux ;
Paix à ces humbles chaumières,
Guerre éternelle aux châteaux ;

BRUL'POITRINE.

Tout en sémant des carottes,
Plus d'un manant chantera ;
Ah ! vivent les Sans-culotes !
Oui ça ira, ça ira.

chœur. Ah ! vivent les Sans, etc.

Le Capitaine PINÇON.

Plus de ces larges chanoines,
Plus de ces archevêchés ;
De coquettes, ni de moines,
Qui faisoient de gros péchés ;
Quoiqu'en disent les bigotes,
Que tout chacun fustigea ;
Il faut bien des Sans-culotes,
Pour diriger ces coups-là.

chœur. Il faut bien, etc.

De Paris jusques-à Rome,
Nous serons Républicains ;
A peu près nous vivrons comme,
Ces riches Américains ;

Madame AUDOUIN.

En grugeant des échalotes,
Tout bon citoyen sera ;
Camarades et Sans-culotes,
Bénissons ces moments-là.

chœur. Camarades et Sans-culotes, etc.

Que de beaux jours vont renaître,
Dans ces tems délicieux !
Chacun voulant être maître
Trouvera le tout au mieux ;
Que de chansons plein ma hotte,
Iront jusqu'à l'opéra ;
Il faut être Sans-culotes,
Pour célébrer ces jours-là.

chœur. Il faut être Sans-culotes,
Pour célébrer ces jours-là.

F I N.

CALENDRIER

POUR

L'AN DE GRACE

M. DCC. XCIII.

LES QUATRE SAISONS.

LE Printems commencera cette année le 20 Mars, à 3 h. 23 m. du soir.

L'Eté, le 21 Juin, à 1 heure 29 minutes du matin.

L'Automne, le 22 Septembre, à 3 heures 12 minutes du matin.

L'Hiver, le 21 Décembre, à 7 heures 37 minutes 18 secondes du soir.

SIGNES DU ZODIAQUE.

♒	Le Verseau.	♌	Le Lion.
♓	Les Poissons.	♍	La Vierge.
♈	Le Bélier.	♎	La Balance.
♉	Le Taureau.	♏	Le Scorpion.
♊	Les Gémeaux.	♐	Le Sagittaire.
♋	L'Ecrevisse.	♑	Le Capricorne.

Il y aura cette année quatre Éclipses, deux de Soleil & deux de Lune; on ne verra à Paris que la première Éclipse de Lune, & la deuxième de Soleil. 25 Février, Éclipse de Lune visible à Paris. Commencement, 9 h. 33 m. 13 s. du soir; milieu, 10 h. 53 m. 53 s.; fin, 12 h. 14 m. 33 s. Grandeur de l'Éclipse, 6 doigts dans la partie boréale de la Lune. 5 Septembre, Éclipse de Soleil visible à Paris. Commencement de l'Eclipse, 9 h. 50 m. 25 s. du matin; fin, 0 h. 59 m. 40 s.; plus, grande phase 8 doigts 53 m. dans la partie boréale du Soleil à 11 h. 24 m.

FÊTES MOBILES.

LA Septuagésime, 27 Janvier.
Les Cendres, 13 Février.
PASQUES, 31 Mars.
Rogations, les 6, 7 & 8 Mai.
L'Ascension, le 9 Mai.
La Pentecôte, le 19 Mai.
La Trinité, le 26 Mai.
La Fête-Dieu, le 30 Mai.
Le Ier. Dim. de l'Avent, 1er Décem.
De la Pentecôte à l'Avent, 26 Di-
  manches.

LES QUATRE TEMPS.

Les 20, 22 & 23 Février.
Les 22, 24 & 25 Mai.
Les 18, 20 & 21 Septembre.
Les 18, 20 & 21 Décembre.

COMPUT ECCLÉSIASTIQUE.

Nombre d'Or, ... 8.
Cycle Solaire, ... 10.
Indiction Romaine, ... 11.
Épacte, ... XVII.
Lettre Dominicale, ... F.

PLANETTES.

ON diſtingue ordinairement huit Planettes, qui ſont :

HERSCHEL. . . . . ♅.

SATURNE, ... ♄.

JUPITER, ... ♃.

MARS, ... ♂.

LE SOLEIL, ... ☉.

VÉNUS, ... ♀.

MERCURE, ... ☿.

LA LUNE, ... ☽.

On ne met point leurs Satellites au nombre des Planètes, quoiqu'ils en ſoient de véritables.

Suivant Copernic, c'eſt la Terre & non le Soleil qui eſt Planète ; & pendant que la Lune, Satellite de la Terre, eſt entraînée par le tourbillon particulier de la Terre autour du Soleil, elle fait, en un an, autour de cette même Terre, 13, & quelquefois preſque 14 révolutions périodiques d'environ 27 jours & quelques heures.

[1793.] JANVIER.

Jours de la semaine.	J. du m.	Noms des Saints.	Phases de la Lune.
Mardi	1	La Circoncision.	
Mercredi	2	S. Basile.	☾ Dern. Quart.
Jeudi	3	Ste Geneviève.	le 5 à 1 h.
Vendr.	4	S. Rigobert.	7 min. du
Samedi	5	Vig. S. Siméon.	soir.
1 Dim.	6	L'EPIPH.	
Lundi	7	1. Noces.	
Mardi	8	S. Lucien.	
Mercredi	9	S. Pierre, Ev.	● Nouv.
Jeudi	10	S. Guillaume.	Lune
Vendr.	11	S. Théodose.	le 12 à 9 h.
Samedi	12	S. Ferjus, Ev.	8 min. du
2 Dim.	13	S. Hilaire.	matin.
Lundi	14	S. Félix.	
Mardi	15	S. Maur, Abbé.	
Mercredi	16	S. Furcy, Abbé.	
Jeudi	17	S. Antoine.	☽ Prem.
Vendr.	18	Chaire S. Pierre.	Quart.
Samedi	19	S. Sulpice.	le 19 à 2 h.
3 Dim.	20	S. Sébastien.	38 min. du
Lundi	21	Ste Agnès.	matin.
Mardi	22	S. Vincent.	
Mercredi	23	S. Timothée.	
Jeudi	24	S. Ildéphonse.	○ Pleine
Vendr.	25	C. de S. P.	Lune
Samedi	26	S. Taraise, Pat.	le 27 à 3 h.
4 Dim.	27	Septuag.	43 min. du
Lundi	28	S. Charlemagne	matin.
Mardi	29	S. Fr. de S.	
Mercredi	30	Ste Bathilde.	
Jeudi	31	S. Pierre Nol.	

FÉVRIER.

Jours de la semaine.	J. du m.	Noms des Saints.	Phases de la Lune.
Vendr.	1	S. Ignace M.	
Samedi	2	PURIFICAT.	
3 Dim.	3	Sexagésime.	Dern. Quart. le 4 à 3 h. 47 min. du matin.
Lundi	4	S. Blaise.	
Mardi	5	Ste. Apolline.	
Mercredi	6	Ste. Agathe.	
Jeudi	7	S. Vaast.	
Vendr.	8	S. Eulalie.	
Samedi	9	S. Romuald	
6 Dim.	10	Quinquagésime.	Nouv. Lune le 10 à 7 h. 11 min. du soir.
Lundi	11	Ste. Apolline.	
Mardi	12	Mardi gras.	
Mercredi	13	Les Cendres.	
Jeudi	14	S. Séverin, Ab.	
Vendr.	15	S. Jean de Math.	
Samedi	16	S. Siméon, Év.	
Dim.	17	Quadragésime	Prem. Quart. le 17 à 6 h. 9 min. du soir.
Lundi	18	S. Euchère.	
Mardi	19	S. Didier.	
Mercredi	20	Quatre-Tems.	
Jeudi	21	Ste. Valburge.	
Vendr.	22	S. Metault.	
Samedi	23	S. Césaire.	
Dim.	24	Reminiscere.	Pleine Lune le 25 à 10 h. 45 min. du soir.
Lundi	25	S. Mathias.	
Mardi	26	Ste. Honorine.	
Mercredi	27	S. Crescent	
Jeudi	28	S. Anselme.	

MARS.

Jours de la semaine.	J. du m.	Noms des Saints.	Phases de la Lune.
Vendr.	1	S. Aubin.	
Samedi	2	S. Simplice	
Dim.	3	Oculi.	Dern. Quart. le 5 à 2 h. 47 min. du soir.
Lundi	4	Ste Cunegonde	
Mardi	5	S. Godegrand E.	
Mercredi	6	S. Adrien	
Jeudi	7	S. Thom. d'A.	
Vendr.	8	S. Jean-de-D.	
Samedi.	9	S. Françoise	
1 Dim.	10	Lætare.	Nouv. Lune. le 11 à 6 h. 6 min. du matin.
Lundi	11	S. Grégoire.	
Mardi	12	Ste. Euphrasie.	
Mercredi	13	S. Damien	
Jeudi	14	S. Lubin.	
Vendr.	15	S. Lubin, Ev.	
Samedi	16	S. Zacharie, P.	
2 Dim.	17	La Passion.	Prem. Quart. le 19 à 11 h. 46 min. du matin.
Lundi	18	Ste Gertrude.	
Mardi	19	S. Joseph	
Mercredi	20	S. Joachim	
Jeudi	21	Ste Lébée.	
Vendr.	22	S. Benoît	
Samedi	23	Ste Eusèbe	
3 Dim.	24	Les Rameaux.	Pleine Lune le 27 à 3 h. 43 min. du soir.
Lundi	25	Annonciation.	
Mardi	26	Ste Cather. de S.	
Mercredi	27	S. Isaac	
Jeudi	28	S. Gontran.	
Vendr.	29	Vendredi Saint	
Samedi	30	S. Rieul, Ev.	
4 Dim.	31	PASQUES.	

AVRIL.

Jours de la semaine.	J. du m.	Noms des Saints.	Phases de la Lune.
Lundi	1	S. Hugues.	
Mardi	2	S. François.	
Mercredi	3	S. Richard.	☾ Dern. Quart. le 3 à 10 h. 41 min. du soir.
Jeudi	4	S. Ambroise	
Vendredi	5	S. Vinc. F.	
Samedi	6	S. Albert	
5 Dim.	7	Quasimodo	
Lundi	8	Ste. Perpétue	
Mardi	9	Ste. Marie Egip.	● Nouv. Lune le 10 à 4 h. 44 min. du soir.
Mercredi	10	S. Fulbert.	
Jeudi	11	S. Léon, Pape	
Vendr.	12	Ste. Hermeneg.	
Samedi	13	S. Tiburce, Ev.	
6 Dim.	14	S. Paterne.	
Lundi	15	S. Maxime	
Mardi	16	S. Anicet, P. M.	
Mercredi	17	S. Perpett	☽ Prem. Quart. le 18 à 6 h. 29 min. du matin.
Jeudi	18	S. Parfait.	
Vendr.	19	S. Vulfrand.	
Samedi	20	S. Anselme.	
Dim.	21	S. Opportune.	
Lundi	22	S. Georges.	
Mardi	23	S. Beuve.	
Mercredi	24	S. Prudent.	○ Pleine Lune le 26 à 5 h. 28 min. du matin.
Jeudi	25	S. Messire.	
Vendr.	26	S. Clet.	
Samedi	27	S. Polycarpe	
1 Dim.	28	S. Vital.	
Lundi	29	S. Robert	
Mardi	30	S. Eutrope	

MAI.

Jours de la Semaine.	J. du m.	Noms des Saints.	Phases de la Lune.
Mercredi	1	S. Jacq. S. Phil.	
Jeudi	2	S. Marc, Attir.	
Vendr.	3	Inv. Ste Croix	Dern. Quart. le 3 à 4 h. 34 min. du matin.
Samedi	4	Ste Monique	
a Dim.	5	S. Auguste	
Lundi	6	Rogations	
Mardi	7	S. Stanislas	
Mercredi	8	S. Mamert.	
Jeudi	9	Ascension	
Vendr.	10	S. Gordien	Nouv. Lune le 10 à 3 h. 40 min. du matin.
Samedi	11	S. Servais, Ev.	
2 Dim.	12	S. Clotilde	
Lundi	13	Ste Françoise	
Mardi	14	S. Boniface	
Mercredi	15	S. Honoré, Ev	
Jeudi	16	S. Fruct.	
Vendr.	17	S. Venant	Prem. Quart. le 18 à 1 h. 2 min. du matin.
Samedi	18	Vigile-jeûne	
4 Dim.	19	PENTECOTE.	
Lundi	20	s. Hospice	
Mardi	21	S. Didier	
Mercredi	22	Quatre-Tems	
Jeudi	23	S. Ausonin.	
Vendr.	24	S. Donatien.	Pleine Lune le 25 à 4 h. 1 min. du soir.
Samedi	25	S. Urbain, Pape	
5 Dim.	26	La Trinité	
Lundi	27	S. Germain	
Mardi	28	S. Hildevert	
Mercredi	29	Vigile Jeûne	
Jeudi	30	LA F. DIEU.	
Vendr.	31	Ste Petronille	

JUIN.

Jours de la semaine.	J. du m.	Noms des Saints.	Phases de la Lune.
Samedi	1	S. Pamphi.	☾ Dern. Quart. le 1er à 9 h. 42 min. du matin.
6 Dim.	2	S. Pothin	
Lundi	3	S. Clotilde.	
Mardi	4	S. Optat	
Mercredi	5	S. Paterne.	
Jeudi	6	Octav. F. D.	
Vendr.	7	S. Quadrat	● Nouv. Lune le 8 à 3 h. 26 min. du soir.
Samedi	8	S. Médard.	
Dim.	9	S. Félix, Pape.	
Lundi	10	S. Landry	
Mardi	11	S. Barnabé	
Mercredi	12	S. Olympe	
Jeudi	13	S. Ant. de Pad.	
Vendr.	14	S. Basile	☽ Prém. Quart. le 16 à 6 h. 9 min. du soir.
Samedi	15	S. Modeste	
1 Dim.	16	S. Cyr.	
Lundi	17	S. Avit	
Mardi	18	S. Georges	
Mercredi	19	S. Gervais	
Jeudi	20	S. Silvère	◯ Pleine Lune le 24 à 0 h. 17 min. du matin.
Vendr.	21	S. Leufroy, Ab.	
Samedi	22	Vig. Jeûne	
2 Dim.	23	S. Paulin.	
Lundi	24	S. Jean-Baptiste	
Mardi	25	S. Maximin	
Mercredi	26	S. Hildevert	☾ Dern. Quart. le 30 à 3 h. 17 min. du soir.
Jeudi	27	S. Hubert	
Vendr.	28	Vig. Jeûne	
Samedi	29	S. Pierre, S. Paul.	
3 Dim.	30	Com. de S. Paul.	

JUILLET.

Jours de la semaine.	J. du m.	Noms des Saints.	Phases et la Lune.
Lundi	1	S. Martial	
Mardi	2	Visitat. de N. D.	
Mercredi	3	S. Anatole	
Jeudi	4	Transl. S. Mart.	
Vendr.	5	S. Valere, Ev.	
Samedi	6	S. Goar, Prêtre	Nouv. Lune le 8 à 4 h. 42 min. du matin.
4 Dim.	7	Ste Auberge	
Lundi	8	S. Thibauld.	
Mardi	9	S. Cyrille	
Mercredi	10	Sept Freres M.	
Jeudi	11	Transl. S Benoit	
Vendr.	12	Transl. S. Prix	
Samedi	13	S. Turiaf, Ev.	Prem. Quar. le 16 à 9 h. 3 min. du matin.
5 Dim.	14	S. Bonaventure	
Lundi	15	S. Henri	
Mardi	16	S. Eustate	
Mercredi	17	S. Sperat	
Jeudi	18	S. Clair	
Vendr.	19	S. Vincent de P.	
Samedi	20	Ste Marguerite	Pleine Lune le 23 à 7 h. 31 min. du matin.
6 Dim.	21	S. Victor	
Lundi	22	Ste Magdelaine	
Mardi	23	S. Apollinaire	
Mercredi	24	Ste Susane. J C.	
Jeudi	25	S. Jac. S. Christ.	
Vendr.	26	Trsp. S. Marcel	
Samedi	27	S. Pantaleon	Dern. Quar. le 29 à 10 h. 55 min. du soir.
7 Dim.	28	Ste Anne	
Lundi	29	Ste Marthe	
Mardi	30	S. Ours, Ev.	
Mercredi	31	S. Germ. Auxer.	

AOUST.

Jours de la semaine.	J. du m.	Noms des Saints.	Phases de la Lune.
Jeudi.	1	S. Pierre de L.	
Vendr.	2	S. Etienne, Pape	
Samedi	3	Invent. de S. Et.	
8 Dim.	4	S. Dominique	Nouv. Lune le 6 à 7 h. 42 min. du soir.
Lundi	5	S. Yon, Martyr	
Mardi	6	Transf. N. Seig.	
Mercr.	7	S. Gaëtan	
Jeudi	8	S. Justin	
Vendr.	9	S. Spire	
Samedi	10	S. Laurent	
9 Dim.	11	Ste Claire	
Lundi	12	Susc. Ste Cour	Prem. Quart. le 14 à 9 h. 15 min. du soir.
Mardi	13	Vigile-Jeûn.	
Mercredi	14	S. Eusebe	
Jeudi	15	ASSOMPT.	
Vendr.	16	S. Roch	
Samedi	17	S. Mammès	
10 Dim.	18	Ste Helene	
Lundi	19	S. Louis, Ev.	Pleine Lune le 21 à 2 h. 55 min. du soir.
Mardi	20	S. Bernard	
Mercredi	21	S. Privat.	
Jeudi	22	S. Symphorien	
Vendr.	23	S. Brieu, Ev.	
Samedi.	24	S. Barthelemi	
11 Dim.	25	S. Louis, Roi	
Lundi	26	S. Zephirin f. s. e.	Dern. Quart. le 28 à 9 h. 27 min. du matin.
Mardi	27	S. Cesaire	
Mercredi	28	S. Augustin	
Jeudi	29	S. Medéric	
Vendr.	30	S. Fiacre	
Samedi	31	S. Ovide	

SEPTEMBRE.

Jours de la semaine.	J. du m.	Noms des Saints.	Phases de la Lune.
13 Dim.	1	s. Leu s. Giles	
Lundi	2	s. Lazare	
Mardi	3	s. Grégoire	Nouv. Lune le 6 à 0 h. 6 min. du matin.
Mercredi	4	ste Rosalie	
Jeudi	5	s. Victorin	
Vendr.	6	s. Oneüpe	
Samedi	7	s. Cloud	
13 Dim.	8	Nativité N. D.	
Lundi	9	s. Omer	
Mardi	10	s. Nic. T.	Prem. Quart. le 13 à 8 h. 1 min. du matin.
Mercredi	11	s. Patient	
Jeudi	12	s. Raphaël	
Vendr.	13	s. Maurille	
Samedi	14	Exalt. ste Croix	
14 Dim.	15	s. Orphyre.	
Lundi	16	s. Cyprien, B.	
Mardi	17	s. Jean Chrys.	Pleine Lune le 19 à 11 h. 17 min. du soir.
Mercredi	18	Quatr-Tems.	
Jeudi	19	S. Jean Ch.	
Vendr.	20	s. Nicom.	
Samedi	21	s. Bust.	
15 Dim.	22	s. Maurice	
Lundi	23	ste Thècle	
Mardi	24	s. Andoche	Dern. Quar. le 26 à 11 h. 43 min. du soir.
Mercredi	25	s. Firmin	
Jeudi	26	ste Justine	
Vendr.	27	s. Colme s. D.	
Samedi	28	s. Ceran	
16 Dim.	29	s. Michel	
Lundi	30	s. Jérôme	

OCTOBRE.

Jours de la semaine.	J. du m.	Noms des Saints.	Phases de la Lune.
Mardi	1	S. Remi	
Mercredi	2	ss. Anges Gard.	
Jeudi	3	S. Denis Aréop.	● Nouv. Lune
Vendr.	4	s. François	le 5 à 4 h.
Samedi	5	Ste Aure	46 min. du
17 Dim.	6	S. Bruno	matin.
Lundi	7	S. Serge	
Mardi	8	Ste Brigite	
Mercredi	9	S. Denys	
Jeudi	10	Ste Thelchilde	☽ Prem. Quart.
Vendr.	11	S. Pion	le 12 à 4 h.
Samedi	12	S. Valfrid	55. min. du
18 Dim.	13	S. Géraud	soir.
Lundi	14	s. Calixte, Pape	
Mardi	15	Ste Thérèse	
Mercredi	16	S. Bertrand	
Jeudi	17	S. Cerbonnay	○ Pleine Lune
Vendr.	18	S. Luc, Evang.	le 19 à 9 h.
Samedi	19	S. Savinien	9 min. du
19 Dim.	20	s. Caprais	matin.
Lundi	21	Ste Ursule	
Mardi	22	S. Mellon	
Mercredi	23	S. Hilarion	
Jeudi	24	s. Magloire	☾ Dern. Quart.
Vendr.	25	S. Crép. s. Crép.	le 26 à 5 h.
Samedi	26	Ste Célinie	50 min. du
20 Dim.	27	S. Frumence	soir.
Lundi	28	S. Sim. s. Jude	
Mardi	29	s. Lucain, Mart.	
Mercredi	30	S. Narcisse	
Jeudi	31	Vigile-jeûne	

NOVEMBRE.

Jours de la semaine.	J. du m.	Noms des Saints.	Phases de la Lune.
Vendr.	1	TOUSSAINT	
Samedi	2	Les Morts	Nouv. Lune le 3 à 8 h. 35 min. du soir.
21 *Dim.*	3	S. Marcel	
Lundi	4	S. Charles	
Mardi	5	Ste Berille	
Mercredi	6	S. Léonard	
Jeudi	7	S. Achille	
Vendr.	8	Stes Reliques	
Samedi	9	S. Maturin	Prem. Quart. le 11 à 0 h. 53 min. du matin.
22 *Dim.*	10	S. Léon, Pape	
Lundi	11	S. Martin, Ev.	
Mardi	12	S. René, Ev.	
Mercredi	13	S. Brice, Ev.	
Jeudi	14	S. Laurent	
Vendr.	15	S. Maclou	
Samedi	16	S. Edme	Pleine Lune le 17 à 8 h. 55 min. du soir.
23 *Dim.*	17	S. Aignan	
Lundi	18	St Odon	
Mardi	19	Ste Elisabeth	
Mercredi	20	S. Edmond	
Jeudi	21	Prés. N. Dame	
Vendr.	22	Ste Cécile	
Samedi	23	S. Clément	Dern. Quart. le 25 à 2 h. 50 min. du soir.
Dim.	24	S. Séverin, Sol.	
Lundi	25	Ste Catherine	
Mardi	26	Ste Gen. des Ar	
Mercredi	27	S. Maxime	
Jeudi	28	S. Vital	
Vendr.	29	S. Malo	
Samedi	30	S. André, Ap.	

DÉCEMBRE.

Jours de la semaine.	Q. du mois.	Noms des Saints.	Phases de la Lune.
1 Dim.	1	Avent	
Lundi	2	S. Saturnin	● Nouv. Lune le 3 à 10 h. 56 min. du matin.
Mardi	3	S. Franç. Xav.	
Mercredi	4	Ste Barbe	
Jeudi	5	S. Sabas	
Vendr.	6	S. NICOLAS.	
Samedi	7	Ste Fare, Vierge	
2 Dim.	8	Conception N. D.	
Lundi	9	Ste Léocade, V.	☽ Prem. Quart. le 10 à 8 h. 38 min. du matin.
Mardi	10	Ste Val.	
Mercredi	11	S. Valery.	
Jeudi	12	S. Damase	
Vendr.	13	Ste Luce	
Samedi	14	S. Gombaud, A.	
3 Dim.	15	S. Nicaise	
Lundi	16	S. Mémin	○ Pleine Lune le 17 à 13 h. 1 min. du matin.
Mardi	17	Ste Adélaide.	
Mercredi	18	Quatre-Tems.	
Jeudi	19	S. Valère	
Vendr.	20	S. Libérat	
Samedi	21	S. Thomas, Ap.	
4 Dimanch.	22	S. Honorat	
Lundi	23	S. Ermine.	● Dern. Quart. le 25 à 0 h. min. du
Mardi	24	Vigile Jeûne.	
Mercredi	25	NOËL	
Jeudi	26	S. Et.	
Vendr.	27	S. J.	
Vendr.	28	Les	
Samedi	29	S.	
Dimanche	30	S.	
Lundi	31	S.